KB116085

아바타르(化身)

초판 1쇄 찍은 날 § 2007년 6월 25일
초판 1쇄 펴낸 날 § 2007년 7월 5일

지은이 § 이지환
펴낸이 § 서경석
펴낸곳 § 도서출판 청어람

편집장 § 문혜영
편집책임 § 이종민
편집 § 한지윤

주소 § 경기도 부천시 원미구 심곡1동 350-1 남성B/D 3F
전화 § 032-656-4452 팩스 § 032-656-4453
http://www.chungeoram.com
E-mail § eoram99@chollian.net
등록번호 § 제1081-1-89호(1999. 5. 31)

외전 1 —Slow Dancing With The Moon 2

델리, 공작궁.

언제나 그런 것처럼 데르다가 부부의 아침 식사를 들고 침실로 들어왔다. 아기를 안고 젖을 먹이던 서린은 배가 불러 방글거리는 아들을 침대 곁에서 기다리던 유모에게 넘겨주었다.

[트림 시키고, 좀 놀게 해요. 식사 끝내고 가볼게.]

[네, 마님.]

서린은 유모가 아들 이르안을 안고 하늘 정원에 마련된 그네로 데려가는 것을 잠시 지켜보았다. 대리석 바닥에 아이를 내려놓자, 돌이 지난 아이는 금세 아장아장 걸어 그네에 기어올라 갔다. 금세 서린이 가장 좋아하는 아들의 웃음소리가 하늘 정원에 가득 찼다.

예전에는 고상한 장식으로 가득 찼던 하늘 정원이 이젠 아이의 장난감 목마며 그네며 미끄럼틀로 발 디딜 틈조차 없었다. 아빠며 친척들이 다투어 선물한 것이다. 오늘 아침 내내 장난감 목마와 그네를 타느라 정신없겠지. 저녁 무렵에는 중정의 잔디밭에서 공놀이를 시켜줘야지.

서린은 젖을 먹이느라 풀어헤친 옷자락을 정돈하고 발코니 탁자로 나갔다. 때맞추어 라탄이 자신의 방에서 걸어나오고 있었다. 세 식구는 라탄의 일 때문에 두 달 동안 델리에서 머물 예정이었다.

[식사해요, 라탄.]

[고마워. 당신이 만들어주는 아침의 짜이 덕분에 기분이 좋아.]

라탄이 서린이 건네주는 짜이 잔을 받으면서 의자

에 앉았다.

과일 접시를 옮겨주고, 따끈한 난 바구니에서 은 집게로 난을 덜어주던 데르다가 할 말이 있는지, 머뭇거린다. 라탄의 눈치를 살짝 살피면서도 언제나 너그러운 편인 서린에게 어렵사리 말문을 뗐다.

[작은 마님, 바산타판차미 축제 때문에 그러는데요, 오늘 오후에 잠시 휴가를 나갈 수 있을까요? 동무들과 같이 사리를 사러 가기로 약속했어요.]

[바산타판차미?]

데르다가 하는 말을 알아들을 수 없었다. 서린은 라탄을 바라보았다.

[그게 뭐예요?]

[북인도 지방에서 열리는 봄맞이 축제. 봄의 여신인 사라스와티 여신을 기념하는 날이야.]

[여신의 가마가 유채꽃밭을 지나가요. 사람들이 노랑 옷을 입고 행렬을 지어 따라가며 노래도 하고 연도 날리지요. 새봄이 시작되는 것을 축하하는 축제랍니

다. 학문의 여신이라서 동생들에게 학용품도 선물해야 해요.]

축제에 대한 기대가 큰 모양이다. 데르다가 방실방실 웃으며 덧보탰다.

[그렇구나. 얼마든지 다녀오렴. 오늘은 별다른 일이 없으니까.]

절을 하고는 데르다가 기쁜 얼굴로 방을 나갔다.

[바산타판차미는 언제부터예요?]

[내일부터 일주일.]

[어머나, 굉장히 큰 축제네요.]

[우리나라에서는 일 년 내내 축제가 있지. 작년 칠월에 뭄바이에서 크리슈나 축제를 구경한 것 기억나?]

서린은 고개를 끄덕였다.

수십만 명의 사람이 신상을 만들어 어깨에 메고 행렬을 지어 거리를 돌았지. 그럼 다음 바다로 가서 그 신상을 파도 위에 놓아준다. 하늘 끝까지 돌려보내는 것이다. 말라바르힐 빌라 발코니에서 몬순이 들이치는 아라비아해를 구경한 것도 잊을 수 없는 광경이었다. 집채만한 파도가 코앞에까지 부풀어 올라 밀어닥쳤었지.

평온한 아침이 새로이 시작되고 있었다. 서린이 버터를 바른 난 한쪽을 그에게 먼저 내밀었다. 이번에는 라탄이 나이프를 들어 사과를 잘랐다.

[우리의 아침은 한쪽의 빵과 한 알의 사과로군.]

반으로 자른 사과를 서린에게 내밀었다. 하얀 볼 한쪽에 살짝 보조개가 패였다. 아침 해처럼 붉은 사과 반쪽을 받아 들었다.

[라탄, 바산타판차미 이야기나 더 해줘요.]

[봄이 오는 신호야. 해마다 여신의 봄은 노란 유채꽃과 같이 오지. 공작궁에서도 유채꽃으로 봄의 정원을 꾸며. 여신과 사람들을 초대해서 한 해의 봄을 시작해. 공작궁에서 열리는 바산타판차미 파티가 없으면 여기 델리에서는 봄이 시작되지 않은 거나 다름없지. 아마 며칠 동안 공작궁 안팎이 잔치 준비 때문에 시끄

러울 거야. 낯선 사람들이 많이 드나들 테니까 가능하면 이르얀을 바깥으로 내보내지 마. 혹시 모르니까……]

그 다음은 '혹시 아이가 유괴라도 당하면 안 되니까'라는 말이겠지. 서린은 고개를 끄덕였다. 라탄과 서린의 첫 아들, 이르얀 나와르완지 아리트야 타다. 한국 이름으로는 이안. 주니어라 불리는 그 아이가 혹시 자신의 과거처럼 그런 끔찍한 일을 당할까 봐 두려운 거지.

[잘 돌볼게요. 당신이 무엇을 걱정하는지 알고 있어요. 당신이 축제 준비를 하는 동안 전 이르얀과 할머니 곁에 내내 있을게요.]

[무슨 소리! 당신이 바산타판차미 잔치의 안주인이야. 당신이 환영하고 맞이해 주지 않으면 여신이 공작궁으로 들어올 수가 없다고. 공작궁의 모든 여자들이 여신의 가마를 따라가며 꽃을 뿌려야 해. 당신도 마땅히 아름다운 옷을 입고 나와 나란히 서서 손님을 맞이

해야지.]

[맙소사. 라탄, 말도 안 돼요!]

서린이 강하게 항변했다. 소극적인 그녀치고는 꽤
나 강한 반발이었다.

[당신 어머님이 계시잖아요. 아직은 그분이 마땅히
잔치의 안주인이 되셔야죠.]

라탄과 서린은 작년 여름에 정식으로 결혼했지만,
아직도 카말라와는 긴장 관계였다. 손자이니 이르얀
을 귀여워하기는 했지만, 서린을 볼 때마다 얼굴이 굳
어져 버리는 카말라였다.

서린은 익숙지 못한 축제를 준비하는 일도 부담스
러웠지만, 솔직히 그녀가 카말라의 일을 가로채고 빼
앗아 버리는 것 같아 더 내키지 않았다.

[아직은 어머님이 정정하시니, 이 일을 하시게 내버
려 둬요. 어머님이 힘이 없어지면 언젠가 저에게 부탁
하시겠죠. 그때 할게요.]

[착해, 당신. 어머님도 조만간 당신의 친절한 배려

를 알게 될 거야.]

라탄이 미소 지으며 서린의 이마에 키스했다. 아무리 태연한 척하려 해도 쌀쌀맞고 냉담한 카말라로 인해 상처받는 서린을 위로했다. 나지막이 속삭였다.

[기다려도, 기다리지 않아도 봄은 저절로 오는 거야. 언젠가는 어머니의 마음에도 봄이 올 거야. 그걸 믿자.]

그리고 그 봄은 그들의 아들이 만들어줄 것이 분명하다. 언제 어디서 어떻게 보고 들은 것일까? 이르얀의 웃음소리가 본관까지 들렸을 리는 없을 텐데, 어느새 카말라가 하늘 정원으로 올라와 손자를 끌어안고 있었다. 서린과 라탄은 서로 마주 보며 싱긋 미소를 나누었다.

닷새 후였다. 문이 열리고 라탄이 들어섰다. 그 뒤를 따라온 두르가가 책을 읽고 있는 서린 앞에 커다란 상자를 내려놓았다.

[이게 뭐예요?]

[어머니의 선물.]

라탄이 상자의 뚜껑을 열었다. 엷은 레몬 빛과 짙은 노란색이 조화롭게 어울린 바탕 위에 화려한 금실로 공작새와 아름다운 화초가 수놓아진 비단 천이 손가락 끝에서 미끄러졌다.

[당신을 위해 만든 사리라는군. 어머니와 날 위해 내일 밤 입어주면 당신을 오만 배쯤 더 사랑할게.]

[내일 오후에 공작궁에서 바산타판차미를 축하하는 파티가 있습니다. 작은 마님, 큰마님께서 주인님과 이르얀님을 위해서도 똑같은 옷을 맞추었답니다.]

그러고 보니, 서린의 사리 밑에 앙증맞은 인형 옷처럼 보이는 아기의 옷도 들어 있었다. 이르얀의 구르따와 바지, 감차까지 들어 있었다. 심지어 노란 비단신도 있었다. 서린은 깜짝 놀라 부르짖었다.

[세상에, 어머님께서? 이런 고마울 데가 있나! 데르다, 이르얀을 데려오렴!]

데르다가 방구석에서 이르얀을 안고 왔다. 아이는 침을 흘리며 천으로 만든 책을 씹고 있었다. 입술에는 간식으로 먹은 초콜릿 자국이 그대로 남아 있다. 서린은 입 주변을 천으로 훔쳐 준 다음, 노란 감차를 아기 목에 둘러주었다.

[세상에!]

주변의 모든 사람들 입에서 탄성이 터져 나왔다. 아버지인 라탄보다 더 귀엽다는 소리를 듣는 아기이다. 검은 고수머리가 이마에 떨어진 채로, 노란 감차를 목에 두르고 뱅글뱅글 웃고 있는 이르얀의 모습은 모든 사람들을 매료시키기에 충분했다. 이러니, 그 엄혹한 카말라도 손자라면 사족을 쓰지 못하는 거겠지.

라탄이 비단 천을 들어 서린의 어깨에도 둘렀다. 그녀의 하얀 얼굴과 환한 노란색 천이 잘 어울려 보이는 모양이다. 선명한 입술에 만족한 미소가 떠올랐다.

서린은 미소를 지으며 두르가를 바라보았다. 그쪽 사람이 그러하듯 선물을 보내준 사람에게 감사의 뜻을

표현하여 비단 옷을 들어 이마에 댔다.

[감사해요, 두르가. 어머님께 제가 굉장히 기뻐하더라고 말씀드려 주세요. 이르얀에게 옷을 입혀 저녁때 어머니께 데려갈게요. 미리 사진을 찍어둬야겠어요.]

[전하겠습니다. 그렇다면 마님께도 새로 지은 사리를 입고 준비하라고 말씀 올리겠어요.]

두르가가 나가자마자, 이르얀이 일껏 두른 감차에 한가득 침을 묻혀놓는 불상사만 없었다면 얼마나 좋았으랴. 라탄이 아들을 번쩍 들어 안았다. 허공으로 힘껏 던져 올려 받아주며 서린에게 눈을 찡긋했다.

[잘됐어. 올해의 바산타판차미 축제는 정말 재미있겠는걸? 사실 바산타판차미 축제는 여자와 아이들을 위한 축제니까.]

다음날 해가 살짝 기울어지는 늦은 오후 무렵, 서린을 데리러 라탄이 나타났다. 그의 구르따도 짙은 노랑과 황금색 천이었다. 목에 두른 감차 역시 이르얀과 서린의 사리와 같은 색, 같은 문양이었다. 세 식구의 옷은 동일한 사람이 수를 놓고 만든 것인 모양이다.

그가 팔을 내밀었다. 두 사람은 아기를 안은 유모를 딸리고 나란히 걷기 시작했다. 황금 종이 달린 문을 넘어갔다. 본관까지 걸어가며 라탄은 행사에 대해서 설명해 주었다.

[대문에서부터 집 안까지 사람들이 노랑 옷을 입고 여신의 가마를 따라 연을 들고 행진해. 횃불 행진도 있고, 악사들이 노래도 하지. 여신은 후정의 호수까지 운반되어져선 수장(水葬)되어 녹아 고향으로 돌아가는 거야.]

[왜 신상을 호수에다 던져요?]

[신의 기운이 물을 타고 다시 우주로 돌아가기 때문이지. 태어나서, 물에 녹아 죽고, 다시 우주의 기운으로 재탄생하는 순환을 보여주는 거야.]

[이 축제에 내가 할 일은 뭔데요?]

[당신은 우리 집 대문을 들어서는 여신의 가마를 맞이해서 어머니와 누나들과 함께 꽃바구니를 바쳐야만

해. 잘할 수 있어?]

[음, 좀 떨리네요. 당신은요?]

[난 여신을 위해서 행렬을 선도하며 비나를 연주할 거야. 사라스와티 여신의 상징은 백조와 비나거든.]

그래서 무투가 기타처럼 생긴 기묘한 악기를 들고 있었구나. 서린은 고개를 끄덕였다. 본관 건물을 지나 두 사람은 거대한 현관문 앞에 나란히 섰다. 저절로 서린의 입에서 탄성이 터졌다. 아무리 냉담하고 무심한 사람이라 할지라도, 여신을 맞이할 축제 준비를 끝낸 공작궁의 전경 앞에선 저절로 심장이 두근거릴 것이다. 그만큼 아름답고 장엄했다.

[아아, 굉장하네요.]

공작궁을 둘러싼 거대한 담의 중앙. 커다란 대리석 대문에서 그들이 선 본관의 현관까지 거의 몇 백 미터나 됨직한 큰 길의 좌우에는 빼곡하게 노란빛 유채꽃들의 물결이 남실거리고 있었다. 길 양편으로 호위병처럼 선 거대한 고목들은 크리스마스 트리처럼 색색의

꽃불과 오색 연을 가지에 가득 달고 서 있었다.

[정말 아름다워요.]

[공작궁의 바산타판차미 행사는 델리뿐 아니라 전 바라트를 통틀어 우리나라의 문화의 정수를 보여주는 거니까 신경을 쓰지 않을 수 없지.]

라탄이 옆에 선 하녀가 꽃바구니를 받아 서린에게 건네주었다.

[잊지 마. 여신의 가마가 현관 앞에 다가오면 내가 여신에게 금목걸이를 바칠 거야. 그 다음에 어머님이 성수를 뿌리고 나면 당신이 이 꽃바구니를 가마에다 바치는 거야. 그런 다음 어머니와 누나들처럼 꽃잎을 뿌리며 나를 따라오면 돼.]

들뜬 사람들의 웅성거림과 요란한 음악 소리가 가까워지고 있었다. 한 오 분여나 지났을까? 안주인 카말라가 딸들을 데리고 현관 앞에 나타났다. 그녀들도 하나같이 화려한 장신구와 황금빛 사리로 휘감고 있었다.

서린이 인사를 하자, 마지못해 카말라와 라탄의 누

나들이 마주 인사했다. 흔쾌히라기보다는 서린의 어깨 위, 노려보는 라탄의 눈빛이 무서워서였을 테지만 여하튼 상냥한 표정이다.

카말라는 어제저녁, 손자와 함께 노랑 비단옷을 입고 둘이 기념사진을 찍은 일로 상당히 기분이 좋아져 있었다. 그래서인지 그날만큼은 서린을 바라보는 눈빛이 많이 풀려 있었다. 온통 노랑 비단 옷을 차려입은 어린 주인 이르얀은 이곳에서도 최고 인기였다. 누가 아기를 안느냐에 대하여 치열한 경쟁이 붙었다. 결국 큰고모님인 마리암이 이르얀을 안는 것으로 결정났다.

얼마 후, 공작궁과 바깥 세상을 구분하는 대문이 활짝 열렸다.

마그(Marg:힌두력으로 1, 2월을 가리킴)의 날 중에서 가장 길일. 사파이어처럼 맑은 하늘빛에 선명한 황금빛 노을이 베일처럼 내려앉는 시간이었다.

나흘 동안 공작궁 바깥의 임시 성소(聖所)에 머물러

서는 수만 명의 사람들에게 경건한 푸자를 받아왔던 아름다운 여신 사라스와티가 황금 가마를 타고 마침내 장엄하게 등장했다.

허리에는 새하얀 도티를 두르고 목에 화환을 건 여덟 명의 남자들이 화려한 채색 가마를 메고 있었다. 황금실로 짠 비단 옷을 입고 황금 보관을 쓴 사라스와티 여신이 백조를 타고 있다. 가마 뒤로 색색의 연을 든 수백 명의 사람들이 따라 들어오고 있었다.

수십 명의 경호원들이 문 앞에 줄 지어 서 있었다. 새카만 개미 떼처럼 높은 담벼락을 기어올라 여신의 행렬을 구경하려는 사람들을 통제하느라 땀을 뻘뻘 흘리고 있었다.

[라탄.]

[왜?]

[가마를 따라오는 사람들이 왜 다들 연을 하나씩 들고 있어요?]

[저 연에는 손님들의 소원이 적혀 있어. 공작궁을

들어올 수 있는 초대장이지.]

[그렇구나.]

[화가가 특별히 이날을 위해 만든 연을 초대장 대신 보내거든. 손님들은 일 년의 소원과 가족들의 건강을 빌며 글을 써넣고는 들고 와. 여신이 수장된 다음에 저 연들을 날려 보내지. 그러지 않으면 저 나무에다 매달아놓지. 우리도 나중에 달아보자.]

[아하.]

여신의 가마가 점점 가까워졌다. 라탄이 현관의 계단을 내려갔다. 카말라를 비롯한 공작궁의 여인들도 따라 내려섰다. 서린도 그들 뒤를 따랐다.

수십 개의 등불이 달린 장대를 든 두 명의 남자. 십여 명이 얼추 넘는 악사 행렬 뒤로 여신의 가마가 점차 가까워져 왔다. 잔치의 주최자이자 주인인 라탄이 서너 발자국 걸어나가, 여신의 가마 앞에 섰다. 기다리고 있는 손님들과 여신에게 인사했다.

[올해의 바산타판차미 축제가 또다시 공작궁에서 무사

히 이루어지게 되어 기쁩니다. 올해는 특별히 저의 아들 이르얀이 여신에게 꽃바구니를 공양할 것입니다. 다같이 사라스와티 여신께 마음껏 경배하고 즐겨주십시오.]

손님들이 동시에 환성을 올렸다. 악사들이 열정적으로 음악을 연주하기 시작했다.

라탄이 눈부신 황금 목걸이를 여신의 목에 걸고 나서 이마에 두 손을 대 절을 했다. 정중한 공양을 마쳤다.

안주인 카말라가 성수 병을 들어 여신의 머리 쪽에 살그머니 부었다. 서린도 라탄의 누나들과 함께 노란 크로커스와 수선화가 가득 담긴 바구니를 여신에게 바쳤다. 올해의 축제에 처음 참가하는 어린 이르얀이 마지막으로 여신에게 가장 큰 선물을 바쳤다. 커다란 노랑 장미꽃이었다. 비록, 여신에게 바치기 전에 자기가 먼저 입에 넣어 맛을 보았지만. 아기의 엉뚱하고 귀여운 행동에 웃음소리가 파도처럼 몰려들었다.

가마를 메고 온 사내들 또한 주인들로부터 따뜻한

환영을 받았다. 신을 모셔온 반가운 손님이다. 그래서 그들 역시 화려한 세공이 된 묵직한 황금 목걸이로 답례를 받았다.

라탄이 비니를 들고 악사들의 선두에 섰다. 신을 찬양하는 선율에 맞추어서 사람들이 일제히 노래하기 시작했다. 공작궁의 여인들이 가마 앞을 걸어가며 여신이 걸어가는 길에 하얗고 노란 꽃잎을 뿌렸다.

음악과 꽃과 향기에 둘러싸인 여신의 가마가 공작궁 안으로 모셔졌다. 구불구불한 정원을 돌아, 담을 넘어, 몇 개인지도 모를 꽃동산을 지나 후정의 호수에 도착했을 때, 해는 이미 넘어가기 시작했다. 성급한 별들이 떠오르기 시작했다.

사람들의 환호성 속에서 여신은 무사히 호수에 도착했다. 물속으로 빠져 들었다. 점토는 녹아들고, 여신은 무너져, 무(無)로 변해간다. 종내 완전히 사라져 무사히 우주 속으로 편재되어 돌아갈 것이다.

그리고 다시 새봄이 왔다.

호수 주변, 잔치를 빛내기 위해 수백 개의 등불이 나뭇가지에 걸렸다. 오색 천막 아래, 꽃이 조각된 대리석 정자 안에, 꽃나무 아래에 초대된 손님들의 자리가 마련되었다.

값비싼 도자기와 은제 그릇에 담긴 음식이 수백이나 마련되었다. 여신을 기리는 뜻으로 특별히 장만된 음식들 역시 대부분 노란색이었다. 쉴 새 없이 손님들에게 바쳐졌다. 천진난만한 아이들은 학습의 여신인 사라스와티의 축복을 받으려고, 노란 종이에 싸인 사탕과 새 공책들, 연필들이 가득 담긴 바구니 주변을 기웃대고 있었다. 수줍게 내미는 통통한 손들에게 선물들을 나누어주고 있었다.

[여보!]

서린은 라탄이 부르는 소리에 고개를 돌렸다. 그가 이리 오라는 듯 손짓을 하고 있었다.

[소개할게. 친구 부부야.]

라탄의 어렸을 적 친구라고 했다. 방갈로르의 외국

계 회사에서 근무 중이라는 그 남자는 서린이 한국인이라는 데에 큰 관심을 보이고 있었다. 왜 그런가 했더니, 몇 년 전에 한국에서 육 개월을 보낸 적이 있다는 것이다.

[한국의 설악산이 가장 기억에 남는군요. 스키도 타고 말이죠. 사리 입은 모습이 정말 아름답습니다. 아주 자연스러워요. 누가 보면 우리나라 사람이라고 해도 믿겠어요.]

[감사합니다.]

[라탄, 반드시 이 옷감을 산 가게를 말해줘야 해요. 당장 가서 이렇게 멋진 사리를 사고 싶으니까. 여기 모인 모든 여자들이 서린 씨의 사리만 훔쳐보며 질투에 떨고 있다구요.]

늘씬한 힌두 미인인 그의 아내가 방긋 웃으며 말을 보탰다.

[모든 남자들은 네 곁에 선 멋진 여자 때문에 질투를 하고 있고 말이지.]

악의없는 농담이다. 친구가 힌디어로 말하며 핫하
웃었다.

[미인을 감상하는 것은 남자들의 특권이지. 하지만.]

라탄이 허리를 굽혀 서린의 이마에 가볍게 키스했
다. 고개를 들고 똑바로 친구를 바라보았다.

[누구도 나의 아내는 감히 바라보지 못해. 그 순간에 바
로 두 눈알이 뽑혀질 테니까.]

친구의 얼굴에 순식간에 웃음기가 사라졌다. 아름
다운 남자의 입술에서 뱉어진 말은 너무나 잔혹했다.
그 말이 진실이라는 것은 누구도 의심할 수가 없었다.

찰나이긴 하지만 그가 보여준 광포한 소유욕과 지
독한 집착, 그리고 광기 어린 애욕. 비록 힌디어를 알
아듣지 못하는 서린으로서도 충분히 느낄 수 있었다.
단순히 사랑이라는 단어로는 표현될 수 없는 이 남자
의 깊은 열정과 집착은 이렇듯이 다함이 없다.

[연, 달아요. 연!]

아까 바구니 앞에서 과자와 학용품을 나누어 주던

서린을 기억하고 있는 것이다. 그들 앞으로 아이들이 달려왔다. 막무가내로 서린의 팔을 잡아끌었다. 당황해하는 서린을 바라보며 라탄이 씩 웃었다. 다정한 얼굴이었다.

[저런. 서린, 꼼짝없이 잡혀가야겠는걸?]

[빌고 싶은 소원이 없어요.]

[왜 없어? 전 세계의 평화라도 기원하자구. 아니면 이르얀이 잠을 푹 자게 해달라고 기원하든지.]

[……이미 전 다 가졌어요. 더 이상 바라다간 벌 받을 것 같아.]

그만큼 행복해요. 그만큼 사랑해요. 난 충분해요. 서린의 눈빛이 전하는 충만한 행복. 라탄의 입술에도 같은 색의 미소가 떠올랐다.

여럿이 같이 웃으며 나뭇가지에 소원을 쓴 연을 매달기도 하고, 어린애들이 손뼉을 치는 가운데 눈을 가리고 막대기로 호박을 깨기를 하고…… 호박이 깨어지자 우르르 선물이 쏟아져 나왔다. 어린아이들의 손

뺙 소리와 함성은 더 높아져 갔다.

밤이 깊어가고, 흥겨운 음악 소리는 갈수록 높아지고. 사람과 사람 사이. 웃음과 노래 사이. ●마음과 마음 사이로 잔치가 무르익고 있었다.

모처럼 만난 친구들과 이야기를 나누다가 돌아서던 참이었다. 그늘이 져 제대로 알아보기 힘든 회랑의 그늘 아래에서 부드럽고 관능적인 목소리가 라탄의 발걸음을 멈추게 만들었다.

[춤추실래요, 타다 회장님?]

라탄은 달빛같이 은은한 레몬 빛 비단과 월장석과 시트론에 휩싸인 여인을 건너다보았다. 희미한 정원 등을 등지고 선 그녀에게서는 무르익은 딸기 내음과 유월의 잘 익은 복숭아 향기가 났다. 건드리기만 해도 달디단 즙액이 뚝뚝 흐를 것 같다. 자신의 맛을 보아달라고 요구하고 있었다.

관능적인 선을 그린 남자의 입술 꼬리가 우아하게

위로 치켜 올라갔다. 라탄으로서야 완벽한 그의 취향. 섹시하고 노골적인 유혹을 시작한 미인의 유혹을 피할 이유가 전혀 없었다.

[저런. 유혹입니까, 마담?]

[당신의 아내는 아들 때문에 바쁘더군요. 우리를 방해하진 않을 거예요.]

[……휴우, 그러게 말입니다. 그 녀석이 나타난 이후로 전 언제나 외롭게 홀로 방황하고 있죠.]

라탄은 그에게 내밀어진 유혹의 손을 서슴지 않고 잡았다. 남자라면 모름지기 굴러들어 온 복을 걷어차는 짓은 하지 않는 법. 뼈마디를 느낄 수 없을 정도로 길고 가는 손이다. 라탄은 새틴처럼 서늘한 손등에 뜨거운 입술을 찍었다.

[당신의 피부는 실크로군요.]

[남편이 깊이 사랑해 주어서 그래요.]

[아하, 당신의 남편은 정말 행운아로군. 그런데 그는 지금 어디 있죠?]

[친구들과 함께 잡담이나 하고 있겠죠. 난 오늘 밤 그 남자를 단 삼십 분 보았을 뿐이라구요.]

분개한 목소리였다. 그녀가 사뭇 대담하게 한 발 더 다가왔다. 먼저 라탄의 품에 녹아나듯 안겨왔다. 그녀의 머리카락에서 재스민 향기가 풍겼다. 남자를 달뜨게 하고 욕망의 불을 지피는 향기였다. 그녀가 라탄의 손을 살짝 잡았다. 자신의 가슴 쪽으로 슬며시 옮겨주었다. 터질듯이 부푼 가슴 아래 심장. 뜨겁게 고동치고 있었다. 금단을 탐하는 두려움과 그럼에도 갈구하는 애욕을 원하는 모순의 고동 소리. 그녀가 나른하게, 교태롭게 속삭였다.

[내 심장 소리, 들려요?]

[아하.]

라탄은 교묘하게 그녀의 몸을 자신의 다리 사이로 끌어당겼다. 어느새 충분히 흥분한 자신의 상태를 슬며시 암시해 주었다. 여인의 몸에서 풍기는 달콤한 방향이 더욱더 진해지고 있었다.

[라탄, 난 외로워요. 위로가 필요해요. 지금 당장!]

어느새 두 사람은 밝은 파티장을 벗어나서, 밤새가 우는 어두운 밀실을 찾아 달려가고 있었다.

공작궁의 으슥한 모퉁이. 어디인지도 모를 수많은 연회장 중 하나, 희미한 정원 등의 빛과 달빛이 투각벽을 타고 흘러 완전히 어둡지는 않았다. 충분히 서로의 눈빛을 읽고 유혹의 숨결을 맡을 수 있을 정도였다.

사람들의 시선을 벗어난 것을 확인하자마자, 다급하게 젖은 두 개의 입술이 부딪쳤다. 처음에는 유혹하듯 혹은 무엇인가를 제안하듯, 슬쩍슬쩍 탐색하던 키스가 상대의 욕망이 표현하는 강도를 읽었다. 이내 격정적인 애욕으로 변했다. 살며시 촉촉하게 건드리던 혀가 물러났다. 혈액 속에 취기처럼 빠르게 퍼져 가는 유혹과 광기의 욕정. 여인이 성적인 흥분으로 부풀어 오른 가슴을 그의 몸에 비비면서 다시 허스키한 목소리로 유혹했다.

[당신을…… 가지고 싶어요.]

[원하시는 대로.]

다시 키스. 서로의 정수를 흡입하듯 혀와 입술이 찰싹대며 라탄의 손이 비단 천 위로 헤엄쳤다. 민감한 등을 애무했다. 달빛에 젖은 하얀 목덜미를 살짝 깨물자, 여과없이 터져 나온 달디단 교성이 적이나 만족스러웠다. 애달프게 숨 가쁘게, 이 순간의 유혹과 열기에 미친 듯이 함몰하겠다는 신호, 문 바깥의 일에 대해서는 다 잊어버리겠다는 뜻. 지금 이 순간 당신만이 세상 전부라는 뜻.

후룩, 붉은 열기가 삽시간에 라탄의 뇌수까지 치밀어 올랐다. 정말 귀여워. 오랜만에 내게 맞는 여자를 찾았는걸. 아내와 아들 따위 알 게 뭐야? 남자로서 그를 원하고 찾아낸 여자가 있는데.

그 역시 미치기로 했다.

하룻밤 즐기겠다는데, 뭐 어때?

민감하고 뜨거운 목덜미를 다시금 정신없이 빨았다. 아마도 내일쯤이면 그가 만들어놓은 키스마크가 선명하게 빛을 발할 것이다. 밤의 남자에게 유혹당하고 유혹한 흔적이니, 오래도록 남겨둬야지. 라탄은 거의 가학적인 쾌감까지 느끼며 여인의 백조 같은 목에 몇 개인지도 모를 자줏빛 잇자국과 키스마크를 만들었다.

[더 깊이…… 당신을…….]

[쉬잇!]

라탄은 손가락으로 여인의 분홍빛 입술을 막았다. 예민한 혀로 아랫입술을 살살 쓸었다. 어느덧 벌어지는 입술 안으로 살며시 혀끝을 밀어 넣었다. 동시에 가쁜 숨을 몰아쉬는 그녀의 가슴을 강하게 움켜잡았다. 남은 한 손은 사리 자락 사이, 드러난 허리께의 맨살을 가만 어루만지고 있다. 그의 손끝을 타고 피아노의 선율처럼 쾌락과 음란한 관능이 연주되고 있었다.

[난 더 많은 것이 필요해.]

밤의 침묵. 달의 마법. 여인의 하얀 쌍둥이 달이 만든 계곡 안에서 얼굴을 든 그가 속삭였다.

[남자는 그래.]

[당신이 원한다면, 다 갖게 될 거예요.]

여인이 두 손을 들어 그의 목을 감싸 안았다. 어느 사인엔가 그들의 몸을 감싼 옷자락은 하나씩 바닥으로 떨어지고, 차가운 대리석 바닥에는 침대로 삼아도 좋을 만큼 황금빛과 노란색 비단 천들이 가득 쌓였다.

그사이로 거침없이 두 개의 겹쳐진 나신이 굴렀다. 하룻밤의 정사. 짧고도 강력한 쾌락 말고는 아무것도 바라지 않는 동작이었다.

달빛보다 더 하얀 살결을 가진 여인이었다. 피부 역시 아찔할 정도로 최상급의 감촉을 지녔다. 부드럽게 내려앉은 숲의 그늘을 뜨거운 손으로 만져 보자, 달뜬 울음소리같이 촉촉한 교성이 배어나온다. 남자를 절로 흥분시키는 신음 소리. 이것마저 마음에 들었다. 이미 그곳은 뜨겁게 젖어 있었다. 고통만큼 강렬한 쾌락을 감각하며 수축하고 이완하는 다홍빛 샘은 벌써부터 그를 끌어당기며 광란의 춤을 추고 있었다.

[아하, 당신, 정말 도발적이로군.]

[내 남편도 늘 그렇게 말해요.]

여자가 웃음기 어린 목소리로 되받았다.

[아하, 당신의 남편. 그래, 잊었어.]

라탄은 반쯤 웃으며 반쯤 감탄하며 하얀 두 다리를
잡아 어깨 위로 걸쳤다. 활짝 개화한 붉은 꽃을 가득
베어 물었다. 한입 가득 따먹었다. 혀로 할짝이는 소
리. 이를 세워 살며시 긁었다. 가장 은밀한 곳을 거침
없이 애무하고 흡입하고 탐험하는 소리에 여체가 뜨겁
게 뒤틀렸다.

[라탄! 어서!]

거의 외마디 비명이었다. 라탄은 씩 웃으며 욕정으
로 출렁대고 쾌락으로 남실거리는 붉은 꽃밭에서 고개
를 들었다. 그를 재촉하는 여인의 몸 안으로 강하게 파
고들었다.

정염의 원천. 쾌락의 정원. 숨 막힐 듯 조여대는 감
촉과 함께 그의 몸짓에 공명하는 여체의 매혹은 그를

캄캄한 늪 속으로 빠뜨렸다. 지옥보다 더 뜨겁고 천국보다 더 황홀한 열정의 맛. 쾌락의 단즙. 젖어버린다. 핥고 빨아먹는다. 전부로 감각하고 몽땅 빼앗아 버린다. 민감한 아래에서 뇌수까지 곧바로 치고 올라오는 짜릿한 감각. 미친 듯이 온몸을 질주하는 쾌락의 욕망에 온 영혼과 육신을 맡긴다.

[당신의 남편에게 이런 모습을 보여주고 싶은데?]

라탄은 땀에 젖은 몸을 일으켜 여인을 안았다. 단단한 허벅지 위에 앉혔다. 남자에게 가득 젖어버린 채, 그의 허리를 두 다리로 감고는 요부처럼 몸을 출렁이고 있다. 온몸을 관통당하고, 풍만한 젖가슴까지 유린당하며 여인이 가쁜 숨을 몰아쉬었다. 머리를 뒤로 젖힌 채 당돌하게 되받아쳤다.

[마찬가지. 당신의 아내에게…… 아학! 이런…… 으음…… 음…… 모습을 보여준다면 어떨까…… 요?]

[아주, 바람직하다고 칭찬할걸?]

[나쁜 사람! 아학! 제발…… 라탄.]

그녀의 입에서 자지러지는 신음이 흘러나왔다. 그의 이름을 부르는 것은, 더 강한 자극을 원한다는 것, 마지막 쾌락을 위해 한 번만 더 그를 원한다는 것. 때로는 격하게 때로는 부드럽게, 급하기도 하고 느리기도 한 남자의 손길과 몸짓 안에서 여체가 마침내 산산조각 욕망의 이름으로 부서졌다. 바르르 떨리던 몸이 격렬한 오르가즘 안에서 완전히 무너졌다. 그리고 그 역시 절정에 도달했다. 라탄은 부드럽게 그녀의 몸에 자신의 몸을 겹쳤다. 이리저리 구겨진 황금빛 비단 위에 그들이 흘린 열정의 자국들, 뜨거운 땀방울이 검고 하얀 얼룩을 만들었다.

[당신, 굉장해.]

라탄은 소곤거리며 돌아누워 모로 누운 여체를 안았다. 두 팔과 두 다리로 따뜻하고 부드럽고 하얀 몸을 완전히 구속했다. 등과 가슴이 하나로 꼭 붙었다.

섹스가 끝난 뒤 그녀의 노곤한 피부에서 느껴지는 농밀한 미열이 너무 좋다. 땀 냄새와 섞인 진한 살내음이 새로운 욕망에 불을 붙이고 있었다. 방금 전, 정사가 끝나고 난 후, 이것으로 충분하다고 생각했는데, 벌써 다시 그리웠다. 그녀가 주는 쾌감과 젖은 관능이. 달콤하고 말간 꽃물의 맛이 미치도록 생각났다.

[우리 다시 만날 수 있을까?]

그는 여자의 귀에 대고 속삭였다. 살짝 귓불을 물었다. 살살 혀로 굴리며 유혹했다. 손가락 끝으로는 진분홍빛 유실을 만져 주었다. 아까 그것을 삼켰을 때 달콤한 맛이 났다. 그의 애무에 여체가 다시 후르륵 떨렸다. 그녀가 고개만 살짝 돌려 그를 짐짓 노려보았다.

[당신의 아내가 좋아하지 않을 텐데?]

[뭔 상관이야?]

[정말 그녀는 상관하지 않아요?]

[아들놈 때문에 남편을 침대에서 몰아내는 마누라는 별로 매력없어. 난 당신이 천만 배는 더 좋아. 어때, 마담? 우리, 연애할까?]

[아하.]

여인이 코웃음을 쳤다. 몸을 돌이키더니, 그에게 격정적으로 키스했다.

[당신이라면 충분히 위험을 무릅쓸 수 있죠, 라탄 나발 나와르완지 타다. 하지만 아내 따윈 상관없다니, 기분 나빠!]

그녀가 용수철처럼 몸을 발딱 일으켜서는 그에게 덤벼들었다. 튼실한 목덜미를 아프게 꽉 깨물었다.

[우리 둘 다 부끄러워야 공평하지 않아요?]

[아얏, 이 살쾡이 같으니라고.]

라탄은 나른하게 투덜거렸다. 서린의 몸을 두 팔로 끌어당기며 입을 삐죽 내밀었다.

[난 내 품에 있는 뜨거운 이 여자가 좋아. 이르얀의 엄마 말고.]

그가 서린의 손가락을 잡아 입술에 넣었다. 잘근잘근 씹기 시작했다.

[날 다시 유혹하는 거예요?]

[당신이 대답하지 않았잖아. 날 다시 만나줄 건지.

맞아, 유혹. 내가 부르면 언제든지 달려오게 만들 작정 이야.]

손가락을 거쳐 손등으로 내려와 손목의 안쪽을 애무하는 입술의 유혹은 치명적이었다. 서린의 분홍빛 입술 사이로 다시 흐느낌 같은 고운 교성이 살짝 새어 나왔다.

[잊어버렸었어.]

라탄이 고개를 들어 미소 지었다. 서린이 반달 같은 눈썹을 찌푸리며 그를 바라보았다.

[음?]

[당신이 이렇게 뜨겁고 사랑스러운 신음을 내뱉는 여자였다는 것. 지난밤에도 이르얀이 듣는다고 입을 막았잖아. 솔직히 실망했어. 난 목석같은 여자는 싫어. 나와 쾌락을 함께 느끼고 같이 나누는 여자가 좋아.]

[그래서 바람이라도 피울 거란 뜻이에요?]

[음, 당연하지.]

라탄이 태평스럽게 말하며 서린의 몸을 품 안으로

끌어당겨 안아버렸다.

[당신이 계속해서 이르얀만 예뻐하면 난 바람피울 거야. 밤의 정원을 배회하는 달빛의 여인에게 넘어가 버릴 거라고.]

[아들에게 질투하는 사람은 이 세상에서 당신뿐이에요.]

서린은 투덜거렸다. 그의 턱을 살짝 어루만지며 소곤거렸다.

[라탄.]

[음?]

[우리가 도망치고 난 후 얼마나 지난 거죠?]

[몰라.]

[시간을 잃어버렸어. 사람들이 찾을 텐데……. 우리 둘만 여기서 이러는 거, 들키면 진짜 망신이야.]

[헤아리지 마. 우리 둘의 시간만 생각해. 사람들이 살아가는 시간에 대해서 관심 갖지 마.]

[어떻게 그렇게 살아요? 말도 안 돼.]

서린이 이맛살을 찌푸렸다. 라탄은 싱긋 미소 짓고 말았다. 딴청을 피듯 서린이 알아듣지 못하는 힌디어로 시를 읊었다.

[시바는 신의 천 년 동안 파르바티와 사랑에 빠졌네. 파르바티에게 조금만 닿아도 의식을 잃을 정도였네. 여신 또한 시바에게 닿기만 해도 무의식의 세계에 빠졌네. 두 사람은 사랑하는 천 년 동안 낮인지 밤인지 전혀 알지 못했네.]

그가 싱긋 웃으며 서린의 이마에 그의 이마를 부딪쳤다. 바르르 열정에 떨리는 유두를 살짝 머금었다.

[누가 있어 감히 우리를 방해할까?]

그러나 그는 틀렸다. 이 세상에서 유일하게 그들의 시간을 제멋대로 방해하고 유린하는 악마가 하나 있던 것을. 채 말이 끝나기도 전에 어디선가 우아아앙— 울음소리가 들리기 시작했다. 그 울음소리에 낭만적인 달빛의 마법이 단번에 파사삭 깨어지고 말았다.

[엄마! 엄마아—! 어디 있어? 으아아아앙!]

[세상에! 이르얀이잖아? 잠이 들었다가 깬 모양이네요. 큰일인데. 어떡하면 좋아?]

서린이 라탄을 확 밀어냈다. 발을 동동 구르며 바닥에 흩어진 옷자락을 그러모았다. 성마르게 허겁지겁 사리를 대강 걸치더니, 뒤도 돌아보지 않고 달려가기 시작했다. 우는 아들을 달래러, 무참하게 아직도 달뜬 남편을 버려두고.

처량맞은 라탄의 어깨 위로 어둠 서린 달빛이 무심하게 내리고 있었다.

외전 2 —소풍

[엄마, 아~]

아장아장 달려온 아이가 참새 새끼같이 입을 또 벌렸다. 맨발로 마룻바닥을 뛰어다니는 아이의 발자국 소리가 통통 울렸다. 식탁에 앉아 김밥을 말던 서린은 잠시 손놀림을 멈추고 아이 몫으로 만든 김밥 접시를 끌어당겼다. 손가락 마디만하게 말아 손톱 끝만큼 자른 김밥을 또 하나 분홍빛 입술 안에다 넣어주었다.

검은 밤보다 더 새카만 아이의 눈동자와 미소가 아물린 서린의 눈동자가 만났다.

[맛있어요?]

[네, 맛있쪄요.]

획 몸을 돌이킨 아이가 다시 공을 따라 대청마루를 뛰기 시작했다. 살풋 이마를 가린 검은 머리카락이 건강한 땀에 젖어 있었다.

앞치마를 두르고 고소한 참기름 냄새를 피우며 김밥을 만들고 있는 서린의 아랫배는 봉긋하니 부풀어 있었다.

첫 아이가 태어난 지 삼 년이 지났다. 지금 서린은 다시 임신해, 여섯 달째였다.

어찌나 그 철없는 남자가 아이와 서린 사이를 질투하는지, 완전히 애 둘을 키우는 심정이었다. 덕분에 임신이 늦어진 것이다.

아이와 서린은 지금 한국에 나와 있다. 인도로 떠난 후 처음의 귀국이다. 처음의 임신과는 달리 유난히 입덧을 심하게 하는 바람에, 견디다 못한 서린은 라탄에게 부탁해 한국으로 잠시 나왔다. 그가 유럽 출장을 간

사이 그 일주일. 한국의 겨울은 견디기 힘들 정도로 맵싸하게 춥다.

요리사가 찬합을 식탁 쪽으로 가져왔다. 서린이 만든 김밥을 포함해서 과일이며 각종 전과 나물 반찬들. 차곡차곡 찬합을 채운 것은 정갈하게 장만된 음식들. 뚜껑을 닫자마자, 전화벨이 울렸다.

―이안이 어미냐?

그러려니 했던 대로 홍 여사였다.

"예, 어머니. 준비 끝났어요. 한 시간 후면 도착해요."

―몸도 무거운 사람이 부러 왜 와? 춥다. 오지 마라.

"그래도 가봐야지요. 이안이도 어머님 보고 싶대요."

말이 채 끝나기가 무섭게 누군가가 종아리를 폭폭 질렀다. 아이가 새카만 눈망울을 빛내며 수화기를 올려다보고 있었다.

[할머니 보고 싶어요, 하고 싶어요.]

"어머니, 이안이가 목소리 듣고 싶어해요."

서린은 아이의 귀에다가 수화기를 대주었다. 마치 그 앞에 할머니가 서 있기라도 하듯 아이가 바람에 몸을 숙이는 꽃잎처럼 고개를 꾸벅꾸벅 조아렸다.

"함니, 싸랑해요. 보고 시퍼요."

어눌하고 서투르지만 또박또박 한국어로 말하는 아이의 분홍빛 볼이 웃음기로 한껏 볼록해졌다. 수화기 안에서 할머니가 다정하게 '사랑해요' 하고 말해준 것이 분명했다.

"김밥, 맛있쪄요. 음, 다섯 개. 이안. 돼지. 꿀꿀."

김밥 다섯 개를 먹었다는 보고이다. 배부르다는 표시로 제 아랫배를 통통 두드렸다. 서린은 미소 지으며 다시 수화기를 귀에다 댔다.

—추운데 애도 데리고 올 거여? 감기 들면 어떡해? 데려오지 마라.

말로는 데려오지 말라 하면서도 녀석이 보고 싶은 게다. 홍 여사의 목소리에도 웃음기가 가득했다.

"혼자 있으려고 하지를 않아요. 난리나게요. 옷 두 텁게 입히면 되죠."

수화기 사이로 홍 여사 대신 우 이사 목소리가 들렸다. 벌써 섭섭한 기색이 역력했다.

—이안이 좀 바꿔라. 할아비한텐 인사도 안 하고. 고약한 녀석!

린은 다시 아이를 불렀다.

"이안아, 할아버지야. 안녕하세요. 잠시 있다 뵐게요, 그래."

아이가 다시 볼을 불룩이며 웃었다.

"할아부지, 사랑해요. 나중에 만나요."

나 잘했지요? 문득이 까만 눈망울이 서린을 올려다보았다. 서린은 잘했어 하고 머리를 쓰다듬어 주었다. 한국에 나올 때는 한국말만, 인도에 있을 때는 힌디어만, 유치원에서는 영어만 쓰기로 되어 있다. 아이는 영리했다. 어린아이라서 그런지 적응이 빠르다. 사람이 다르니 말도 다른가 보다 그렇게 생각하는 것 같았다.

아직도 한국어라면 세 마디 이상을 어려워하는 제 아빠와는 사뭇 다르다.

전화를 끊고 서린은 아이를 돌보는 하녀를 불렀다.

[이안 양치질 좀 시키고 옷 좀 입혀요. 삼십 분 후에 외출할 거야.]

장만한 음식이 담긴 찬합을 차에 실으라고 부탁하고 서린도 안방으로 들어왔다. 샤워를 하고 옷을 갈아입을 심산이었지만, 한지 창으로 새어드는 햇살이 너무 좋아, 그만 창에 기대 잠시 정원을 내다보았다. 정원에는 이른 산수유 꽃이 몽실한 노란 솜털처럼 뭉쳐져 있었다. 그 옆에 백목련. 다음 달이면 터질 듯, 열심히 꽃봉오리를 틔울 준비를 하고 있고, 다소곳한 백매화가 옹골진 줄기와 가지 위로 새 신부마냥 뽀얀 분단장을 하고 여린 속살을 터뜨리고 있었다.

서울 근교, 산자락 아래 날렵하게 앉은 한옥을 구한 건 라탄이었다. 어디서든 풍류를 찾는 한량답게 모름지기 서울로 가면 한옥, 이렇게 주장하더니 하루는 서

런더러 '집, 샀어' 하고 한마디 툭 던졌다. 뭄바이 대학에서 이 년 근무 후에 서울로 돌아간 상하를 어지간히도 들볶아댄 모양이다. 뭄바이에서 상하가 라탄을 약 올린 것처럼 그 역시 만만찮게 상하를 괴롭힌 게 분명했다. 그때 그 남자의 표정은 말 그대로 숙적을 넘어뜨린 후 개선하는 장군 같은 의기양양한 것이었다.

아직도 참기름 냄새가 나는 손만 씻었다. 입덧을 할 때 먹은 것도 아닌데, 아이는 유난히 김밥을 좋아했다. 인도에 있을 때도 아이의 채근에 몇 번이나 김밥을 말았는지 모른다. 물을 마셔가며, 입을 후후 불어가며 김치도 먹고, 육개장도 먹고, 풋고추전도 먹고. 납죽납죽 엄마가 먹여주는 대로 냉큼냉큼 삼켰다.

'꼭 현조 오빠 식성 닮았어.'

그런 생각을 하다가, 서린은 다시 정원을 내다보았다.

사흘 후에 다시 인도로 돌아간다. 돌아가기 전에 꼭 가보아야 할 곳이 있지. 언제 또 나오게 될지도 모르니까.

아이가 통통 발소리를 내며 안방으로 뛰어들어 왔
다. 모자를 쓰고, 코트를 입고, 장갑도 끼고, 목도리도
두르고…… 어디 스키장에라도 가듯 완전무장을 했
다.

아무래도 더운 나라에서 태어난 아이여서 그런 모
양이다. 서린에게는 좀 춥다 싶은 날씨였지만 바깥으
로 나가자마자, 아이의 코 아래 당장 맑은 물이 흘렀
다. 그렇게 꼭꼭 싸매주었는데도.

운전기사가 아이를 뒷자리 시트에다 앉히고 안전
벨트를 매주었다. 서린은 옆 자리에 앉았다. 조수석에
데르다가 올라타자 기사가 출발했다.

[엄마, 어디 가요?]

[이안이랑 소풍 가요.]

[소풍? 야, 신난다!]

시트에 갇혀서도 신이 나는지 엉덩이만 들썩인다.
서린은 미소 지으며 차창 밖으로 고개를 돌렸다.

파주로 가는 고속도로 길목에서, 미리 약속한 대로 차로 기다리던 우 이사 내외를 만났다. 도로 옆 한강으로 까뭇까뭇 철새들이 날고, 맑은 겨울 햇살이 은빛 비늘처럼 툭툭 떨어지고 있었다. 아이는 새. 강. 꽃. 나무. 하나하나 손가락으로 가리키며 열심히 재잘거리고 있다. 엄마의 얼굴이 자꾸만 자꾸만 안개처럼 내려앉는 것도 모르고, 투명한 강물처럼 웃고 있다.

승용차 두 대가 목적지에 도착했다. 절간마냥 조용한 곳. 한적한 겨울 햇살 아래, 검은 양복을 입은 유족들이 그들을 지나치고 있다.

답답한 시트에서 풀리자마자 아이는 환호성을 지르며 차에서 내렸다. 쪼르르 달려가 우 이사에게부터 납죽 안겼다. 무어라 무어라 열심히 영어와 힌디어와 한국어를 섞어가며 조잘댄다. 아이를 안고 볼을 비비는 우 이사의 주름진 얼굴에도 아이와 똑같은 웃음이 퍼졌다.

서린은 음식이 든 보자기를 들고 차에서 내리는 홍

여사에게로 다가갔다.

"음식은 제가 해온다고 그랬잖아요. 힘드신데 이런 건 뭐 하러 해오세요?"

"애 섰을 때 잘 먹어야지. 장아찌랑 넉넉하게 했으니까, 들어갈 때 가지고 가거라."

"만날 김이며 김치며 마른 반찬도 챙겨 보내주시잖아요. 잘 먹긴 하지만 죄송해요."

"괜찮아, 내가 하는 일이 뭐 있니? 그런 거라도 해야 덜 미안하지. 지난번에 인도 가서 우리가 얼마나 대접을 잘 받았는데."

"그거야 제가 그곳에 사니깐 당연한 거고요. 힘드세요. 하지 마세요."

우 이사와 아이가 손을 잡고 먼저 납골당 쪽으로 걸어가기 시작한다.

"아니, 저 양반 왜 저런다냐? 죽은 사람 자리에 어린애를 왜 데리고 들어가려 그래?"

서린은 질색해서 우 이사를 만류하려는 홍 여사의

손을 잡았다.

"내버려 두세요, 어머니. 오빠한테 이안이 보여주려고요."

"애한테 죽은 사람 왜 보여줘? 흉하다 그래."

"……오빠한테 저 잘산다고 인사해야죠, 어머니. 그래야 오빠도 편안할 거예요. 하늘에서 우리 이안이 잘 지켜달라고 부탁할래요."

적막한 납골당 안. 발자국 소리마저 조심스러워지는 곳. 서린은 홍 여사와 나란히 우 이사의 뒤를 따랐다.

먼저 간 젊은 아들의 기일. 그 아들을 찾아 늙은 부모가 걸어가는 길.

그 옆으로 서린이 따라간다. 채송화 꽃같이 예쁘고 여린 아들 손을 잡고.

사진 속에서 늘 웃고 있는 사람. 다정하고 착하던 그 사람을 보러 간다. 이렇게 난 잘살고 있어, 라고 말하려고. 오빠 몫까지 행복하게 열심히 살고 있어, 라고 이야기해 주려고. 그 사람의 맑은 눈을 꼭 닮은 아이를 데리고. 그 남자가 사랑했던 여자가.

너무 일찍 삶의 소풍을 끝내고 먼저 돌아간 그 사람에게, 발걸음 느려 아직도 그녀는 생의 정원을 천천히 산책하며 가고 있다고 말하려 간다. 언젠가는 다시 만날 터이니.

하얀 국화꽃. 짙은 향 내음.

철없는 아이가 무엇을 알까마는, 이질적인 향기와 적막 안에서 무엇인가를 느낀 거다. 통통 튀는 목소리가 갑자기 낮아졌다. 우 이사 옆을 잘만 따라가더니, 갑자기 손을 놓고는 쪼르르 서린에게로 다가왔다. 그녀의 치맛자락에 얼굴을 묻어버렸다.

서린은 무릎을 꿇고 아이의 눈에 맞추었다.

[이안이 왜 그래요?]

[엄마…… 이안이 무서워요.]

[왜요?]

[……몰라요. 그냥 무서워요.]

아이가 얼굴을 묻은 채 고사리 손으로 손짓만 한다. 납골당에 빼곡히 찬 고인들의 흔적이 모여 있는 곳이다.

[이안, 저기에요. 엄마가 참 사랑하는 사람이 있어요. 이안도 만나보고 싶지 않아요?]

아이가 얼굴을 들었다. 머루알처럼 까만 눈동자가 호기심을 담고 있었다.

[이제는 만날 수 없지만…… 여기 오면 볼 수 있어요. 엄마는 그분에게 우리 이안이 보여주고 싶은데. 우리 이안이 얼마나 착한지, 예쁜지 엄마를 기쁘게 해주는지 보여주고 싶은데…… 같이 안 가요?]

아이가 고개를 살래살래 흔들었다. 서린은 아이의 손을 꼭 잡은 채 먼저 우 이사와 홍 여사가 걸어간 모퉁이를 돌았다.

홍 여사가 가져온 꽃을 꽂기 위해 꽃병을 들고 화장실로 가고 있다. 이안이 쪼르르 할머니를 따라 달려간다. 쉬이! 하고 소리치며.

"이안이 쉬할 거야?"

"함니, 이안이 쉬."

"그래그래, 쉬해야지."

우 이사는 현조의 유골이 모셔진 벽면 앞에 놓여진 벤치에 회색 콘크리트 석상처럼 앉아 있었다. 스물아홉 살, 싱그럽고 젊은 그 얼굴 그대로, 웃는 얼굴 그대로. 착하게 선량하게 아비와 세상을 내다보고 있는 아들의 얼굴을 지그시 바라보고 있었다.

서린은 그 옆에 가서 가만히 앉았다. 그녀도 고개를 들어 그 사람을 가만히 바라보았다. 오빠, 나 왔어. 잘 지냈어?

"⋯⋯오빠 하나도 안 변했어요."

"그러게 말이다. 이 애비는 해마다 흰머리 늘고, 늙어 가는데. 저놈은 불효여. 저는 하나도 안 늙어. 고얀 놈."

서린은 억지로 미소 지으며 다시 현조의 사진을 바라보았다.

오빠의 소풍은 참 짧게 끝났지만, 그래도 괜찮아. 오빠의 소풍 내내 꽃이 피어 있었잖아. 인자하신 부모님. 좋은 친구들. 삶의 시간 한 조각까지도 열심히 살았으니까. 또한 오빠가 꽃다발이었잖아. 다른 사람에게 향기 뿌려주고, 기쁨 주고, 마지막 가는 길도 그랬잖아. 고마워. 감사해.

홍 여사와 이안이 나타났다.

서린은 이안을 자신의 앞에 반듯이 세웠다. 두 팔로 얇은 어깨를 꼭 감싼 채, 현조가 아이를 볼 수 있게, 아이가 현조를 볼 수 있게. 아이의 부드러운 정수리에 머리를 기대고 가만히 속삭였다.

'우리 아들이야, 오빠.'

[엄마, 저 사람은 누구예요?]

[……이안이를 참 보고 싶어한 사람. 이안이를 보면 제일 기뻐했을 사람. 엄마가…… 제일 보고 싶은 사람.]

언젠가 다시 만날 사람. 서린이 이생의 소풍을 충실

히 끝낸 후에.

[난 아빠가 제일 보고 싶어요.]

인색한 아이이다. 조금만 더 현조가 자세하게 볼 수 있게 서 있어주면 좋으련만, 금세 싫증을 낸다. 꼼지락거리며 몸을 비틀더니, 아까 왔던 길을 달음박질친다. 쭈르르 미끄러운 바닥에서 미끄럼을 탄다. 정적뿐이던 납골당 안에 맑은 아이의 웃음이 메아리친다. 쫑긋 사자들의 귀가 서는 듯하다.

"시간이 갔나 보다. 여기만 오면 횡하니 바람 소리 들리던 게…… 가슴에 큰 구멍 하나 뻥 뚫려서 피가 콸콸 쏟아지는 것같이 아프던 게, 이제는 좀 덜한 걸 보면……"

꽃병을 제자리에 놓고 홍 여사도 벤치에 앉았다. 현조의 사진을 바라보며 나직하게 속내를 뱉어냈다.

"첫해는…… 바람 불어도 오고, 비가 와도 오고…… 밤에 잠자다가도 벌떡 일어나 오고……. 와서 보면 허망한 걸, 그래도 혼자 놓아두고 돌아서려면 발

길이 안 떨어져서 다시 돌아서고……. 하루 꼬박 그러고 있으면 네 아버지랑 영조가 찾아와. 가자고 하면 억지로 딸려는 가는데……. 등 뒤에서 저놈이 어머니 하고 부르는 것만 같아서, 또 돌아서고……. 깨어서도 울고, 꿈에서도 울고 그랬는데…… 이제 안 그래. 뭉근한 돌 한 개가 가슴에 든 것 같을 뿐, 눈물은 안 나. 현조 생각하면, 그래서 영조네 간다. 영조 애가 꼭 저 애 닮았거든."

"……도련님 아들이요?"

영조는 재작년에 결혼을 했다. 같은 아파트 아래층에 산다고 그랬다.

"그래. 어찌 그리 친탁을 했는지. 딱 즈이 애비, 즈이 죽은 백부 얼굴 똑같아. 그 얼굴 한번 보고, 재롱 보고 오면…… 또 하루 살 것 같구…… 그러고 세월이 간다."

"아, 지 애비만은 못해. 코가 낮잖아. 거 말이지, 사부인이 코가 좀 낮더만. 애도 딱 그것만 외탁이야."

우 이사가 그래도 죽은 아들이 더 낫다고 억지를 부렸다.

"오빠…… 좋은 데서 행복하게 지낼 거예요."

"그럼. 천성 착한 놈이라, 좋은 데 갔을 거다."

세 사람의 시선이 다시 현조의 사진으로 향했다. 무심한 아이의 웃음소리만 침묵 사이로 새어들어 오고. 죽은 자와 산 자의 거리는 기껏 투명한 유리벽 하나. 그러나 무한의 거리. 그것을 응시하며 세 사람은 오래도록 움직이지 못하고 있었다. 서린은 가만히 외투에 가려진 아랫배를 감싸 안았다. 삶은 흐르는 것. 죽음은 고여 있는 것. 오빠, 그래서 우린 움직여야 해. 다시 홀로 오빠를 여기 남겨두고 일어나서 세상 안으로 걸어나가야 해.

싸가지고 간 음식으로 납골당의 식당에서 간단히 늦은 점심을 먹었다. 그리고 나서 서린은 주차장에서 두 분과 작별을 했다.

"인도로 나가기 전에 한 번 더 봐야지."

"그럼요, 어머니. 내일 집으로 진지 드시러 오세요. 나가기 전에 쇼핑도 좀 해야 하는데 오전에 만나서 쇼핑하고 들어갈까요?"

"그것도 좋겠네. 그리하자꾸나. 그런데 너 몸 무거워서 쇼핑해도 돼?"

홍 여사가 서린의 배를 바라보며 걱정스레 물었다.

"그럼요, 저 건강해요."

"너희 나가면 또 언제 보니. 이안이 저거 눈에 밟혀 어찌 살지 모르겠다."

우 이사가 지치지도 않고 이리저리 뛰노는 아이를 바라보며 한마디 했다.

"우리 쪽으로 아버님이 나오시면 되죠. 말씀만 하시면 언제든 사람을 보낼게요."

강변도로를 달리는데, 어느새 서쪽 하늘로 이른 노을이 흐르고 있었다. 서린의 휴대전화가 울렸다.

[여보세요?]

라탄의 목소리가 흘러나왔다.

―[집에 전화를 했더니 외출 중이라더군. 어디야?]

[……이안이하고 잠시 소풍 다녀오는 길이에요. 김밥도 싸고 샌드위치도 만들고…….]

그 옛날, 열아홉이던 그 사람과 함께 갔던 강촌역. 새벽 역에 내려선, 손을 잡은 채 강만 바라보다가 돌아왔었지. 그래도 첫 데이트라고 얼마나 좋았는데. 컵라면을 먹고, 김밥도 먹었어. 그땐, 그 사람과 영원히 함께할 줄 알았어. 인간의 약속이란 참으로 덧없는 것임을 알지 못한 채.

―[날은 춥지 않았어? 좋았어?]

[좋았어요. 정말 보고 싶었던 반가운 사람을…… 만났거든요.]

외전 3 — 에릭 스톨만은 어떻게
그녀들을 얻게 되었는가?

인도 푸네. 12월.

에릭과 지하가 결혼한 후, 세 번째 크리스마스.

[제발 그만 하시지, 에릭 스톨만.]

참다못한 현준이 마침내 도끼를 빼 들었다. 시애틀의 에릭에게 전화를 걸어 내뱉은 첫마디였다.

—[내가 뭘?]

그러거나 말거나였다. 내 마누라에게 내 돈으로 선물 공세 좀 하겠다는데 뭔 상관? 심드렁하게 대꾸하는 에릭으로 인해 푸네의 모든 사람, 특히 남자들의 이마에 빠지직 심줄이 돋았다.

하지만 에릭은 에릭대로 할 말이 있었다. 사랑하는 달링. 마이 허니, 꿀물신부 지하에게 영원히 잊지 못할 크리스마스 이벤트를 마련해 주려고 작정했다. 노심초사 마련한 선물 공세는 그녀가 빨리 그의 품으로 날아와 주기를 바라면서 퍼붓는 일종의 뇌물이기도 했다.

지하는 결혼 삼 년이 되었는데도 아직 인도에서 노닥거리고 있었다. 같이 살고 싶어 애타는 신랑을 환장하게 만들고 있었다.

하나, 어느 정도껏이지. 12월 중순 무렵이 되자 하루 건너 한 번씩 벌어지는 에릭의 미친 애정 공세에 〈나눔 테크 인디아〉의 직원들은 하나같이 지쳐 갔다.

처음엔 붉은 장미 일만 송이의 배달로 시작되었다. 온 사무실을 가득 채운 장미에서 뿜어지는 지독한 향기가 사방에 진동했다. 지하부터 시작해서 사람들 전부 웩웩 구역질들이었다. 그렇게 시작된 이벤트는 하루가 멀다 하고 줄줄이 이어졌다.

[참 돈도 많다, 응? 돈도 많아.]

―[부럽다고 솔직히 말하지 그래?]

[에효, 세상 참 불공평하지? 어떤 놈은 태어나기를 금수저 물고 태어나서, 그것도 모자라 능력 많아 회사 차려. 떼돈 벌고 앉아 있는 것도 모자라서 그 돈 못 써 제껴 G랄을 하고 있고 말야.]

현준이 들으라 하듯이 깐죽여도 이곳의 지하가 어쩌란 말인가? 한 번만 더 엉뚱한 선물 보내면 이혼이라고 길길이 날뛰어도 곰 같은 이 남자, 반응이 없었다. 오히려 해실해실 웃으며 염장을 질렀다.

―[자기, 꽃을 싫어하는구나? 미리 말을 하지이!]

[응, 나 꽃 싫어. 진짜 싫어해. 그러니까 이런 거 다시는 보내지 마.]

―[알았어. 최선을 다해 자기의 마음에 드는 선물을 골라볼게. 기대해.]

이 남자가 대체 무슨 생각을 하고 있는 걸까? 오싹 몸이 떨렸다. 아니나 다를까, 지하가 좋아하는 지브리사의 토토로 인형 세트에다가 침대보, 앞치마는 애교라고 하자. 그 다음날은 말 그대로 달걀이만한 오팔이 박힌 티파니의 팔찌가 날아왔다.

그 결과 현재 연인 관계인 수니따와 무사가 대판 싸움을 벌렸다는 소문이 들려왔다. 누구는 달걀이 오팔 팔찌를 받고, 누구는 깨알만한 진주반지 받느냐는 게 이유였다나. 명품 핸드백에, 신발에, 향수에, 인도에서는 더워서 입지도 못할 멋진 모피코트 앞에서 은영의 눈이 튀어나와서 현준을 분개시킨 건 어제. 마침내 보다 못한 현준이 비장한 각오를 하고 에릭에게 연락을 한 것이다.

[미친놈.]

옆에서 라탄이 한마디 거들었다. 서린이 지하를 보고 싶어하기에 두 사람은 어제 푸네로 날아온 것이다.

—[거기 라탄도 와 있어?]

[제발 좀 말려주세요, 라탄.]

서린의 아들을 안은 지하도 옆에서 요청했다. 에릭의 철벽 블로킹 앞에 맥없이 무너진 현준이 라탄에게 수화기를 넘겼다.

[제발 그만 하라고 네 아내가 간곡히 전해달래.]

—왜? 여자들은 선물 받는 거 좋아하지 않아? 에이, 무시해. 우리 지하는 너무 순수해서 대놓고 좋아하는 게 쑥스러워서 괜히 싫다고 앙탈하는 거야.]

[에릭, 그래도 이건 너무하는 거야. 어떤 남자도 이런 식으로 크리스마스 선물을 하지 않는다고.]

[내가 왜 다른 녀석들을 따라 해야 하는데?]

이 대목에서 기름칠한 듯 잘나가던 라탄의 입이 막혔다. 흠흠 헛기침을 하다가 점잖게 대꾸했다. 이 정도로 미친 이놈의 짓거리가 끊어질 것은 아니지만 그래도 할 때까지 해보아야 하지 않는가?

[꽃에 보석에 모피에…… 할 만큼 다 한 거야. 내 생각에도 이제는 그만 해야 할 거 같은데?]

─[싫어.]

[주변 사람도 생각해. 너 때문에 여기 직원들 부부 싸움도 엄청 많이 하고 연애하다가 깨진 쌍도 있대.]

─[네놈도 그런 짓 하잖아.]

[난 네놈처럼 이렇게 노골적으로 미친 짓은 안 해!]

자식이, 알아듣게 말을 하면 들어야 할 것 아냐? 마침내 뚜껑이 열려 버린 라탄이 버럭 소리 질렀다. 에릭이 흥 하고 콧방귀를 뀌었다.

─[웃기네. 지 한 놈 결혼식 한다고 임페리얼 호텔을 통째로 전세 낸 주제에? 사돈 남 말 하고 있네.]

[난 결혼식이잖아! 일생에 한 번뿐인 성스러운 결혼식!]

─[그래서?]

[크리스마스가 한 번만이야? 엉? 해마다 돌아올 기념일에 이토록 뻑적지근하게 난리치면 너 아닌 다른 신랑들은 어떻게 살라고 이런 짓을 하는 건데? 엉? 양심이 있어야 할 것 아냐, 인마!]

―[네놈이 백 여자한테 하는 짓, 난 한 여자한테만 하니까 그렇지.]

[인마, 나도 이제 한 여자한테만 선물 줘! 그렇다고 해서 장미 만 송이를 배달시키고 더서 쪄죽는 이곳에서 모피코트를 언제 입으라고? 쓸데없이 몇 십만 유로짜리 모피 사주는 짓은 안 해! 알아들어?]

버럭버럭 소리치는 라탄을 바라보며 서린이 한숨을 쉬었다. 지하의 손을 잡더니 토닥토닥 해주었다. 그녀는 이해한다는 뜻이다. 지하는 작은 목소리로 물었다.

"서린 씨는 뭐 받았는데?"

"놀라지 마세요."

놀라지 말라는 건 진짜 놀랄 일이라는 뜻이다. 뭄바이의 남자가 벌이는 짓은 더한 모양이었다.

"뭐 받았는데?"

서린이 폭 한숨을 쉬었다. 얼굴까지 시뻘겋게 붉혀가며 에럭하고 버럭버럭 싸우고 있는 라탄을 바라보더니 지하의 귀에 대고 속삭였다.

"패션쇼요."

"뭐?"

"지난주에 밀라노에 가자더니, 날 위한 패션쇼를
해주더라고요. 자기가 디자인한 옷으로다가."

아내를 위한 의상 디자인이라. 너무 멋진 거 아냐?
너무 낭만적인 거 아냐? 지하와 은영의 눈이 반짝반짝
빛이 났다. 패션쇼는커녕 옷 한 벌 사줄 돈도 없단다.
불쌍한 현준이 옆에 찌그러져 앉아서는 담배만 뻐끔뻐
끔 피웠다.

"라탄 회장님 진짜 멋있어요."

"어머, 정말 좋았겠다."

"그게…… 좋은 게 아니라고요."

"왜요?"

"그 옷에다가, 구두, 핸드백, 보석까지 다 맞추어졌
다고 생각해 보세요."

유구무언(有口無言). 지하는 너무 엄청나 부담스럽

던 팔찌를 얼른 찾아 다시 찼다. 팔찌 하나 정도야 뭐! 누구는 풀 세트로 몇 십 개씩 받는 판인데 이 정도는 조촐한 거야. 암암.

"아무리 선물이라고 해도 그건 아닌 것 같더라구요. 그래서 저 그날 받은 보석, 다 연말 자선경매에 내놓을 거예요. 빈민 주택건설 기금으로 내려고요."

미친 짓으로 치면 한층 윗길인 주제에 라탄은 여전히 에릭더러 고함을 빽빽 치고 있었다.

[당장 그만두지 못해? 엉? 진짜 미친놈 소리 듣고 싶어?]

—[싫어, 간섭 마. 내 식대로 할 거야.]

[맘대로 해라, 미친 자식아!]

라탄은 전화를 부서져라 내던졌다. 현준을 바라보았다.

[여기 직원들이 정말 불쌍하군.]

[병원에라도 입원시켜야 할 것 같지 않습니까?]

[정말 암담하군. 장미 만 송이라? 부러워하면 어떡

하지? 난 우리 린에게 백합 만 송이라도 배달시켜야 한다는 건가? 젠장, 우린 린은 백합 싫어하는데.]

라탄이 모여 앉은 세 여자를 바라보며 시무룩이 중얼거렸다.

[만 송이는커녕 열 송이 배달도 힘듭니다, 저는…….]

[배달시키고 싶은 여자나 만들고 그런 말 하시지?]

현준의 한숨이 이어졌다. 분명 그의 시선은 은영에게로 향해 있었다.

이런 상황이 계속되어 가니, 정작 본편인 크리스마스이브에는 도대체 무슨 일이 벌어지려나. 온 직원들이 조마조마한 가운데 마침내 그날이 다가왔다. 크리스마스이브라서 오전 근무만 하고 다들 퇴근하기로 결정했다. 막 가방을 챙기고 나가려는데 불길한 노크 소리가 났다. 그 시간이면 등장하는 공포의 배달맨이 나타나신 것이다.

"이, 이, 이…… 건……."

봉투를 받아 든 지하가 입만 뻐끔뻐끔했다. 경악 그 자체였다. 싱글벙글하는 배달맨 뒤에 서 있는 것은 하얀색 벤츠였다. 커다란 분홍색 리본이 매달려 있었다.

[스톨만 회장님이 보내셨습니다.]

[풀 옵션. 신형 CLS350. 저거 아무리 낮게 잡아도 이십만 달러는 가뿐히 넘을걸?]

현준의 한마디에 수니따를 비롯한 모든 여자 직원들이 창문에서 뛰어내릴 폼을 잡았다. 차 문이 열리고 운전기사가 내렸다. 흰색 연미복을 입은 그는 운전기사라기보다는 오히려 영화배우라고 해야 어울릴 것 같았다. 그만큼 키가 크고 잘생긴 미남이었다.

"크리스마스 선물로 차를 보낸 건 근사하지만 지하 너 운전 잘 못하잖아."

옆에 있던 현준이 한마디 했다. 기사가 정중하게 고개를 숙여 인사를 했다.

[저는 사모님을 모실 운전기사입니다.]

벌어졌던 지하의 입이 더 크게 벌어졌다. 운전기사

라고 소개한 그의 목에도 벤츠에 있는 것과 같은 분홍색 나비넥타이가 걸려 있었다. 벤츠와 더불어 풀 옵션으로 기사까지 따라온 것이다.

"에릭, 도량도 넓네. 살아 있는 인형이라? 외로운 밤에 끌어안고 자면 좋겠는걸?"

"엉?"

"미국에 있어서 같이 못 자주니까 대신 자줄 사람 골라 보낸 것 아냐."

순진하다기보다는 맹한 지하, 이 대목에서 완전히 현준에게 속았다.

"그런가? 그럼 에릭의 성의를 생각해서 내가 이 남자랑 자야 해? 정말 고민되네."

"뭘 고민해? 그냥 같이 자. 거죽 하나는 죽이는구만."

하필이면 바로 이때, 벤츠를 뒤따라온 에릭이 현준의 말을 듣고 완전히 열받아 버렸다. 이 자식이 곁에 있어 이렇게 마누라를 세뇌하고 있었으니, 지하가 그를 알기를 발바닥에 붙은 껌딱지로 알지! 부글부글 끓어오른 채 그는 뭄바이 쪽을 향해 주먹질을 했다.

부탁을 할 때도 사람을 보고 골라가며 했어야만 했다. 알맞은 사람을 찾지 못해 운전기사를 하나 골라달라 라탄에게 부탁할 수밖에 없었다. 그런데 이 망할 놈 같으니라고. 에릭은 이를 갈았다. 망할 자식. 친구 마누라더러 바람을 나게 종용해? 너 죽었어.

갑자기 나타난 에릭을 보고 지하가 눈을 동그랗게 떴다.

[에릭, 온다고 연락 안 했잖아?]

[나도 크리스마스 휴가야, 사랑하는 자기랑 같이 보내려고 날아왔지. 오늘의 선물은 바로 나야.]

보란 듯이 사람들 앞에서 마누라를 채가지고 에릭은 자신이 선물한 벤츠에 밀어 넣었다. 미남 운전기사? 그 자리에서 해고지 뭐.

그는 아파트로 차를 돌렸다. 지하는 지금 예전에 에

릭이 살던 펜트하우스에서 혼자 거처하고 있었다.

[오늘은 크리스마스이브니까 우리 둘이 재밌게 지내자. 지하, 근데 자기 얼굴이 왜 그래?]

집에 들어서자마자 문도 채 닫지 않고 열렬하게 키스하던 에릭이 지하를 바라보며 버럭 신경질을 냈다. 사랑하는 마누라님의 얼굴 좀 보라지? 입술은 허옇게 뜨고 눈 아래는 시커먼 그늘이 생겨 있었다.

[일이 밀려서 말이지. 나 사흘 동안 세 시간밖에 못 잤어. 졸려 죽겠어. 그런데 이거 26일까지 끝내야 하는데 미치겠네.]

두 달 만에 만나는 사랑하는 허니 앞에서 마누라란 것이 잘한다. 대뜸 노트북을 꺼내놓고 신경질만 부렸다.

[맙소사, 일에 치여 이런 거야? 기가 차서. 좀 자, 지하. 이거 내가 해줄게.]

[그래? 진짜?]

지하는 너무너무 반가워하는 기색을 감추지 않았

다. 쪽 소리 나게 키스 한번 해주고 줄줄이 사탕으로 요구를 해댔다.

[자기야, 그러면 있잖아. 여기서 자바 스크립트 실행되도록 하는 루틴이랑 안티 아일리어스가 문제가 있는 거 좀 고쳐 주고……(어쩌고저쩌고)……기타 등등 다 해줘. 여기 설계서 있으니까 이거 보고 코딩만 해주면 돼.]

참으로 양심도 없는 지하. 졸려서 거의 감기는 눈으로 피곤에 절은 신랑 사정은 아랑곳하지 않고 지가 필요한 것만 말했다.

[당신이 왜 이걸 해? 직원들은 어쩌고?]

[크리스마스잖아. 놀려야지. 그런데 이거 반드시 26일까지 끝내야 하거든. 잊지 마. 나 잘게. 아, 졸려.]

그 말을 끝으로 지하는 에릭의 품으로 쓰러졌다. '사랑해'도 아니고, '보고 싶었어'도 아니고 '졸려'란다. 에릭은 한숨을 쉬며 지하를 침실로 옮겼다. 옷을 벗겨주고 시트를 끌어올려 주었다.

[그래. 여덟 시간만 재워준다. 그 다음에는 내 두 달 동안의 허기를 채워야지.]

비장하게 말하며 에릭은 거실로 나왔다. 휴대폰의 시계를 맞췄다. 그리고 지하의 노트북을 펴놓고 코딩에 돌입했다. 째깍째깍 시곗바늘이 여덟 시간을 향해 달리기 시작했다. 에릭은 시차 적응도 포기하고 비행에 지친 피로도 풀지 못하고 지하의 따뜻한 품은 더더욱 맛보지 못했다. 오로지 컴퓨터 앞에 앉아 자판을 두드리는 불쌍한 신세가 되었다. 오직 여덟 시간만 봐준다라는 일념으로.

자명종이 울렸다. 망설이지 않고 벌떡 일어난 에릭은 지하가 자고 있는 침실로 들어갔다. 그리고 말 그대로 지하를 덮쳐 뭉쳐진 굶주림을 풀어냈다.

아무리 애무해도 자극은커녕, 잠도 깨지 않는 이 둔한 여자. 그럼에도 그는 최선을 다해 열정적으로 자신의 욕망을 솔직하게 표현했다. 계속해서 핥고 깨물고 애무했다. 결국 지하도 잠결에 달아올랐다. 잠은 완전히 깨지 않았지만 그를 받아들일 준비를 끝냈다. 비몽 사몽인 지하 안으로 에릭은 자신의 분신을 밀어 넣었 다. 지하는 기분 좋은 꿈을 꾸는 사람 같은 표정으로 여전히 잠을 자고 있었다. 에릭의 몸이 자신의 안에 들 어가 있는데도 말이다. 심술난 에릭은 힘껏 지하의 안 으로 들어갔다가 다시 빠져나오기를 반복했다.

"으음, 좋아. 에릭…… 사랑해……."

그렇지만 그것 역시 잠꼬대였다. 지하는 약간의 신 음 소리만을 내뱉을 뿐 잠이 깨지는 않았다. 그렇게 몇 번의 허기를 채우고 나서 에릭은 알몸인 채 지하의 나 신을 끌어안고 설핏 잠이 들었다.

몇 시간 후 먼저 눈을 뜬 건 지하였다. 그를 처음 본 사람처럼 소리쳤다.

[에릭! 당신 언제 온 거야?]

[여덟 시간 전에. 나 죽었어. 깨우지 마.]

[언제…… 아차차! 코딩은?]

[끝났어. 그러니까 이리 와, 더 자자.]

비몽사몽. 에릭은 머리를 베개 속에 처박았다. 열네 시간 동안 비행기에 시달렸고 여덟 시간을 코딩한다고 혹사당했으며 한 시간 내내 사랑을 불살랐다. 철인이 아닌 다음에야 안 나자빠지는 게 이상하지. 지하가 희희낙락하며 다시 에릭의 품에 스며들었다.

[와, 신난다. 자기야, 딴 것도 해줘.]

[싫어. 크리스마스야. 나도 사랑하는 마누라와 쉬고 즐기러 왔다고.]

이제는 더 이상 못한다. 단호한 거절에 지하의 눈이 게슴츠레해졌다. 손가락 끝으로 남자의 가슴을 간질이며 새침하게 대꾸했다.

[아하, 참 미안하네. 크리스마스지만 자기 혼자 놀아야겠다. 어떻게 해. 난 일 때문에 당신이랑 놀 시간이 없는데.]

[안 돼!]

에릭이 벌떡 몸을 일으키며 절규했다. 시애틀에서 내내 인도로 오기 위해서 잠도 자지 못하고 일하다 날아왔다. 정작 이곳에 오니 마누라가 일한다고 놀아주지 않는단다.

날아오면서 얼마나 화려한 계획을 세웠던가? 네팔의 고원에 있는 라탄의 별장도 빌려두었는데. 거기서 눈싸움도 하고, 스키도 타고, 귀여운 눈사람도 만들 생각이었는데. 상하의 충고를 받아 콘돔에 다 구멍을 뚫어서 가져왔단 말이다. 반드시 임신을 시키고야 말겠다는 가열찬 결심을 하고 날아왔는데. 마누라님이 같이 안 자주시겠단다.

[그럼 내 말을 들어주란 말야.]

지하가 벤츠에서 풀어낸 리본을 가져와 에릭의 손을 침대기둥에 묶었다.

[어, 어? 지하, 왜, 왜 이래?]

에릭은 말을 더듬었다. 은근히 달아오르는 기분이 든다. 굉장히 좋아하는 기색이 역력했다. 묶였을 때마다 지하는 그를 열락의 도가니로 몰아갔기 때문이다. 한껏 기대에 부푼 얼굴이었다. 지하가 그의 가슴을 타고 올랐다.

[에릭, 있잖아. 자기가 일하면 나보다 빨리 끝낼 거고, 그러면 난 자기랑 놀 시간도 생기는데. 그리고 이 일이 해결되면 못 간다는 본가 신년 파티 참석도 가능할 것 같아. 그러니까 해줘. 응?]

항상 무덤덤했던 지하의 애교에 에릭은 완전히 무너졌다. 흐늘흐늘 녹아버렸다. 그러면서도 끝내 반항했다.

[싫어.]

[오호, 요렇게 묶여 있으면서도 반항한단 말이지?]

지하가 사악한 미소를 머금었다. 요염하고 사랑스런 공격이 시작되었다. 지하가 에릭의 입술을 혀로 살짝 핥았다.

[으…… 으음.]

에릭의 신음 소리가 이어졌다. 지하는 손을 아래로 내리면서 입술을 에릭의 귓볼로 옮겼다.

[안 돼……]

에릭은 지하가 무엇을 하려는지 알아버렸다. 그곳은 가장 민감한 성감대였다. 지하가 그의 귓불을 잘근잘근 씹었다. 그녀의 손 안에는 부풀다 못해 터지기 일보 직전인 그의 남성이 잡혀 조몰락거림을 당하고 있었다. 한참을 그렇게 괴롭히고 애무하던 지하가 에릭의 귀에 살짝 입김을 불어넣었다.

[이래도 안 해줄 거야?]

[시…… 일…… 어.]

남자에게도 자존심이 있다. 에릭의 무력한 반항이 이어졌다. 지하가 이번에는 왼쪽 귀로 입술을 옮겨 다시 입 안으로 빨아들였다. 다시 예민한 귓불을 잘근잘근 씹어댔다. 에릭은 축 늘어지고 말았다. 백기를 들었다.

[하, 할게…… 제발! 지하.]

[그으래? 그래야지. 흠.]

지하가 사악하게 웃으며 몸을 일으켰다. 에릭이 투덜거렸다.

[달궈놨으면 책임을 져야잖아! 빨리 좀 해결해 줘.]

지하가 그의 남성 쪽으로 시선을 돌렸다. 몇 차례의 관계에도 불구하고 커질 대로 커져 터질 듯했다. 지하가 손으로 살짝 튕겼다. 비틀린 듯한 남자의 신음이 이어졌다. 지하는 에릭의 거대한 분신을 서서히 자신의 몸 안으로 받아들였다. 그의 입에서 다시 쾌락의 신음이 흘러나왔다. 지하는 만족스런 미소를 짓고 요염하게 몸을 움직이기 시작했다.

마누라님의 사랑공격에 초반 박살이 난 에릭 스톨만. 그날부터 몸 부서져라 열심히 일했다. 지하가 일주일 걸린다고 했던 일을 단 이틀 만에 끝냈다.

[이제부터 오 일은 내 거다. 각오해. 미국 가서 연말 피로연 참석해야 하니까 우리끼리 여기서 딱 삼 일만 즐겁게 지내자고.]

지하는 그때부터 삼 일 동안 밤낮으로 에릭에게 시달렸다. 두 달 동안 채우지 못한 허기를 사흘 만에 다 채우기로 결심한 불쌍한 신랑. 잠도 재우지 않고 잘도

괴롭혔다.

[자기야, 생리 언제 했어?]

[왜?]

[콘돔 안 쓰고 하고 싶어서 그러지.]

손가락 끝에 납작한 비닐봉지를 만지작거리면서
에릭이 혀를 핥았다. 맨살 그대로, 예민한 그녀를 전부
감촉하고 싶었다.

[안 돼. 나 가임 기간이야.]

[그으래?]

에릭은 속으로 흐뭇한 미소를 지었다. 바늘로 구멍
을 낸 콘돔을 가져오기 잘했지?

'기다리라구. 요번에는 기필코 당신 안에 내 분신
을 심어줄 테니까…… 흐흐흐.'

에릭은 음흉하게 웃으며 아무것도 모르는 지하의
몸 안으로 열심히 들락거렸다. 그의 소원이 이루어졌
는지 나중에 볼 일이고.

1월 25일, 지하는 에릭과 약속한 대로 신년 파티에 참석하기 위하여 보스턴의 본가로 날아갔다.

스톨만 가문의 신년 파티는 본가 저택에서 성대하게 열렸다. 백악관의 연말 파티와 더불어 반드시 매스컴에 소개되는 유명한 파티 중 하나라고 했다.

시어머니 백 여사와 함께 파티복 가봉을 마치고 돌아온 지하는 눈치를 보아 은근슬쩍 아래층의 대기실로 걸어갔다. 찰거머리 에릭은 지금 꼼짝 못하고 조부에게 붙잡혀서 정원의 온실에 가 있었다. 홀몸인 시조부님은 정원 가꾸기가 취미였다. 지금 남미에서 굉장히 귀한 난초를 수집했다고 자랑하고 싶어 안달이었다.

[고생 많으시네요. 조지, 해리슨 부인.]

산더미 같은 초대장을 쌓아놓고 집사와 파티 담당 비서가 최종 발송을 위한 점검을 하고 있었다. 지하는 은근슬쩍 물어보았다.

[조지, 혹시 키아누 리브스도 와요?]

[글쎄요, 작은 사모님. 어디 보자…… 리브스, 없는

데요.]

[저기, 키아누에게도 초대장 보내면 안 돼요?]

[도련님께서 삭제를 하셨는데요.]

[안 돼요!]

지하는 절규했다. 괜히 영화배우 중에 그 남자를 제일 좋아한다고 말했다가 낭패 보았다. 그냥 뚱뚱한 로빈 윌리엄스나 좋아한다고 말할걸.

[키아누는 꼭 초대해야 해요. 그럼 내가 조지가 좋아하는 한국 김치 한 단지, 아니, 두 단지 가져다줄게요.]

지하는 이 기회에 키아누 리브스를 반드시 만나야겠다는 일념으로 조지에게 김치를 미끼로 열심히 유혹했다.

[알겠습니다, 작은 사모님. 김치 두 단지를 꼭 주셔야 합니다. 종갓집 김치로요.]

[알았어요, 조지.]

조지는 그만 지하의 꾐에 빠져 키아누 리브스에게

보낼 초대장까지 써서 넣어두고 자리를 떴다. 한 시간 후, 집으로 들어오던 에릭이 해리슨 부인이 은쟁반에 담아가는 초대장 더미를 바라보았다.

[잠깐만, 엠마.]

문제는 에릭 또한 상당히 철두철미한 성격이라는 것이었다. 혹시 모르잖아? 스윽 초대장을 넘겨보다가 키아누 리브스에게 가는 초대장을 발견하고야 말았다. 뽑아 들고는 씩 웃더니 빡빡 찢어 쓰레기통에 버려버렸다.

'흥. 내가 그놈을 우리 집 문지방에 들어오게 할 줄 알아? 키아누 리브스, 넌 이제 끝장이야. 모든 줄을 다 통해서 너의 면상을 다시는 스크린에서 보지 못하게 만들겠다.'

하지만 에릭이 그렇게 견제하고 싫어하는 키아누 리브스가 제시카 알바의 파트너로 파티에 버젓이 참석하는 불상사가 일어나고 말았으니.

얄미운 그놈 앞에서 지하가 체면도 없이 침을 질질

흘리며 헤헤거릴 때, 디카와 사인북을 들고 설칠 때…… 아, 질투에 새신랑 눈이 튀어나왔다. 심지어 둘은 춤까지 추었다. 그것을 바라보며 에릭은 얼마나 이를 갈았는지 아무도 모른다. 서린과 함께 인도에서 날아온 라탄만이 그 특유의 느른한 목소리로 약을 벅벅 올렸다.

[에릭, 너 오늘 이가 제대로 남아 있는지 궁금하다? 치과 예약해 주리?]

[닥쳐라, 라탄.]

[매트릭스Ⅳ는 인제 완전히 물 건너갔구먼?]

[저 자식이 지하 눈앞에서 다시는 설치지 않게 하려면 어떻게 해야 하는 거냐?]

[죽여 버려.]

라탄은 농담이었지만, 에릭은 정말 아주 심각하게 킬러를 고용할까 궁리했다.

[정말 죽여 버려도 시원찮을 놈이 이 세상에 살고 있다는 것을 키아누 저놈 보고 처음 알았어.]

[그건 나도 마찬가지이다.]

라탄의 한숨 소리도 어쩐지 시원찮았다. 에릭은 라탄을 바라보았다. 그는 서린과 지하가 나란히 서 있는 쪽을 바라보고 있었는데, 그 주먹이 꽉 쥐어져 있었다.

[넌 지금 누구를 보며 주먹을 쥔 건데?]

혹시 서린도 키아누 리브스에게 반한 건가? 그래서 라탄이 저리도 분노했는가 싶었다. 고개를 빼 그들이 사랑하는 두 여자를 살폈다. 그러나 지하와 서린 사이에는 그 어떤 수컷도 없었다. 앙증맞은 턱시도 차림에 까만 에나멜 구두까지 맞춰 신고, 한량 아버지 라탄과 마찬가지로 하얀 장미꽃을 주머니에 꽂은 그의 아들 이르르얀뿐이었다. 서린의 은빛 드레스 꼬리에 매달린 그의 아들, 애지중지하다 못해 손바닥 위에 아예 놓고 산다는 그 금쪽같은 아들을 바라보며 왜 라탄은 음산하게 이를 갈고 있는 걸까?

[에릭, 너 킬러 고용할 때 말이야. 혹시 아동 유괴도 같이 부업으로 하는지 알아봐라.]

[왜?]

[……저 자식 저거…… 딱 반년만 납치해서 어디다가 갖다 놨으면 좋겠어.]

[왜? 넌 이르얀이 없으면 세상 살맛이 안 난다며? 아들을 납치하라니? 너 아빠 맞아?]

[……저 자식이 태어난 이후로, 한 번도 만족스런 성생활을 한 적이 없어.]

[헉! 진짜?]

에릭은 놀랐다. 놀라다 못해 자지러졌다. 온몸이 덜덜 떨렸다.

취미는 사치, 특기는 섹스라는 라탄이 일 년 넘게 만족스런 성생활을 하지 못했다니…….

오, 마이 갓. 세계 3차대전이 일어날까 무서웠다. 에릭은 돌아서며 식은땀을 흘렸다. 라탄이 신경질난다고 인도와 파키스탄 간에 전쟁이라도 일으키면 어쩌지. 저 자식이 미치면 무슨 짓을 할지 몰라. 피차간 핵이라도 쏘아대라고 수상을 충동질할 수 있잖아.

에릭은 세계 평화를 위해 서린과 반드시 밀담을 나누어야겠다고 결심했다. 아니면 그라도 나서서 이르얀을 며칠간 납치할까 고민했을 정도였다.

하지만 우선 급한 것은 키아누 리브스다! 저놈부터 제거하고 나서 라탄의 문제를 손보아야지, 결심했다.

그 며칠 후이다. 지하가 라탄의 비행기를 얻어 타고 인도로 돌아갈 날이었다. 아침 식사를 하다가 구역질을 하며 뛰쳐나가지만 않았다면 그는 틀림없이 킬러에게 전화를 걸었을 것이다. 왜냐? 그 전날, 겁도 없이 키아누 그놈이 지하에게 식사 초대를 했기 때문이다.

[지하, 어디 아파? 왜 그래?]

깜짝 놀라 부축하는 에릭에게 지하가 웃어 보였다. 얼굴이 창백했다.

[좀 어지러워서. 속도 메슥거리네.]

[뭐야? 언제부터? 당신, 지금껏 너무 무리했어.]

깜짝 놀란 에릭은 옆에서 대기하던 이젤로에게 차를 대기시키라고 고함을 질렀다. 번쩍 안고 바깥으로 달려나갔다.

[빨리 좀 갈 수 없어?]

지하를 태우고 병원으로 달려가며 에릭은 내내 이젤로를 닦달했다. 지금 그의 머릿속에는 별별 망상이 다 떠오르는 중이었다. 속이 메슥거리면 위가 안 좋은 것인데 더 나빠지면 궤양? 지금 증세로 봐서는 더 심각한데 어쩌면 암? 그러면 난 홀아비가 되는 것인가? 지하랑 알콩달콩 아들딸 낳고 천년만년 잘살 수 있을 줄 알았는데. 아흐, 지금 바로 존스홉킨스 암센터로 옮겨야 하나?

에릭의 망상이 극에 달하는 동안 이젤로는 경이적인 속도로 병원에 도착했다. 진찰을 마친 의사가 아주 심각하게 말했다.

[임신입니다.]

[네?]

[지저스!]

암이 아니라 임신이란다! 지하는 경악했고, 에릭은

감격해서 부르짖었다. 구멍 뚫린 콘돔의 비밀이여!

그날부터 스톨만 가문의 난리법석이 시작되었다. 지하의 임신 사실이 알려지자 온 가족들로부터 선물이 속속 도착했다. 할아버지에게서 온 것은 사진 한 장과 주소였다. 정말 예쁜 집 사진이었다. 그것까지는 좋았는데 뒤에 적힌 주소를 보자마자 에릭이 불같이 분노하며 고함쳤다.

[이 영감이 감히 자기 집 옆에다가 우리 집을 장만해? 지하랑 우리 아기를 영감 혼자서 독차지할 심산이로군!]

두 달 후 지하는 그 집에서 친정 식구들과 함께 휴가를 보냈다. 할아버지 집 옆인 콜로라도스프링스가 아니라 하와이에서. 에릭이 그 집을 통째로 파서 하와이의 경치 좋은 섬으로 옮겨 버린 것이다. 그곳은 그들의 여름 휴양지가 되었다.

그 다음에 도착한 건 시어머니로부터의 선물이었다. 조그마한 꾸러미 앞에서 에릭이 들떠 있었다.

[분명 다이아몬드 목걸이에 반지 세트일 거야. 나를 가졌을 때 어머니도 할머니에게서 스톨만 가문의 보석을 선물로 받았거든.]

하지만 작은 박스 안에서 나온 것은 낡은 배냇저고리 하나뿐이었다. 메모가 붙어 있었다.

〈에릭이 태어났을 때 입었던 옷이란다. 우리 아기에게 잘 입혀주렴.〉

지하로서는 제일 마음에 드는 선물이었다. 하지만 에릭은 어머니가 너무 지하에게 짜다고 입이 퉁퉁 불었다. 아무래도 자신이 보충해 주어야겠다고 결심한 듯했다.

[지하, 이건 내 선물이니까 잘 간직해.]

잠시 나갔다 돌아온 에릭이 종이봉투 하나를 내밀었다.

[고마워.]

건성으로 대답하며 봉투를 열어봤더니, 구겨지고 찢어진 조그만 지도 한 조각이었다. 지하는 봉투를 주머니에 아무렇게나 구겨 넣었다. 에릭이 준 선물 중, 아니, 이제까지 그의 가족에게 받은 선물 중 가장 소박한 것이었다. 나중에 아기더러 씹어 삼키라고 준 것일까? 그녀가 생각보다는 감격하지 않는 눈치에 에릭이 좀 섭섭한 얼굴이었다. 며칠 후 그 봉투를 확인했다.

  [지하, 지난번에 내가 준 선물 어디다 뒀어?]

  [선물? 무슨 선물?]

  [내가 봉투에 곱게 넣어줬잖아.]

  [아하? 그거?]

  지하는 주머니를 뒤졌다. 나오지 않았다. 헤실헤실 웃으며 잔뜩 얼굴을 찌푸린 남편을 바라보았다.

  [저기 자기야. 그 옷, 봉투를 주머니에 넣은 채로 세탁기에 넣은 것 같아.]

  세탁기에서 빼낸 옷, 주머니 안에 든 봉투를 찾아냈다. 속의 지도는 거의 형체를 알아볼 수 없을 정도였다.

[이거 어느 시대 지도야? 비싼 거야?]

지하는 잔뜩 졸은 얼굴이었다. 혹시 보물 지도?

[그거 텍사스 지도야. 곳곳에 유전이 있지.]

[그래?]

[내 일곱 번째 생일 선물로 할아버지한테 받았거든. 그게 전부 내 땅이야.]

형체를 알 수 없을 정도로 뭉개진 지도를 든 지하의 손이 바들바들 떨렸다.

[액자에 넣어서 사무실 벽에다 곱게 모셔놨었다구. 당신한테 그 반 찢어준 거야. 임신 기념으로.]

지하의 입이 딱 벌어졌다.

"미치겠어, 오빠! 아기 가졌다고 이렇게 난리인데 정작 아기를 낳으면 어떻게 될지 상상만 해도 끔찍해."

할머니와 어머니를 모시고 상하가 뉴욕으로 다니러 왔다. 지하의 푸념질에 상하가 딱 한마디로 잘랐다.

"호강에 겨워 요강에 똥 싸고 자빠졌네."

"그럼 이거 그냥 참고 있어야 해?"

"그렇다고 봐. 이런 것을 불평했다간 넌 길 가는 여자들에게 맞아 죽을 거다."

"어지간히들 해야지! 이건 상식적인 게 아니잖아?"

"서민인 네가 부자들의 기행(奇行)을 어떻게 감당하겠니? 하지만 네 팔자가 그런 걸 어떡해? 참아야지."

대부호의 마누라가 되는 건 때로 이런 괴로움도 참아야 하는 팔자란 것을 지하는 뼈저리게 느껴야만 했다.

[지하, 갈 데가 있어.]

[어디?]

[아버지와 내가 공동으로 준비한 선물이 있어.]

배가 불러 뚱뚱해진 지하를 데리고 에릭이 간 곳은 뉴욕 교외에 한창 건설 중인 공원이었다.

[이곳은 아기와 엄마를 위한 테마파크가 될 거야.]

[어, 그래?]

[우리 아기와 당신을 위한 공원이야. 만약 딸을 낳으면 이런 거 두 개 지어줄게.]

장황한 설명이 이어졌다. 지하는 건성으로 응응 대답만 했다. 에릭은 이런 생각을 해낸 자신이 감동스러워 온갖 계획을 떠벌거렸지만 지하의 머릿속에는 하나도 들어오지 않았다. 오직 스톨만 부자(父子)의 대책없는 통 큼에 경악했을 뿐이다. 제발 딸을 낳지 않기만을 빌어 마지않았다.

하지만 애석하게도 몇 달 후 지하는 딸 쌍둥이를 낳고 말았다.

상하 왈,

"날마다 컴퓨터만 하는 놈이랑 결혼할 때 알아봤지. 정력이 떨어져서 딸이라지. 것도 쌍둥이라."

하지만 라탄의 바람둥이 아들 이르얀이 에릭의 두 딸에게 동시에 뽀뽀를 하는 바람에 문제가 무척 복잡해진 것은 그로부터 사 년 후의 일이었다.